Ursula Gschwind

ISABELL

...und die kleinen Wunder des Lebens

Herstellung und Verlag:
BoD - Books on Demand, Norderstedt
ISBN 978-3-7386-0453-5

© 2014   Ursula Geschwind
                (Text und Fotos)

Inhaltsverzeichnis

1 Der Traum { Seite 5 }

2 Die Grillparty { Seite 12 }

3 Emma { Seite 16 }

4 Isabell und die Blumen { Seite 20 }

5 Mondschein { Seite 24 }

6 Wunschdenken { Seite 30 }

7 Urlaub { Seite 38 }

8 Vom Glücklich sein { Seite 48 }

9 Schwierige Zeiten { Seite 54 }

10 Eine Diskussion mit Hardy { Seite 60 }

11 Zukunftsperspektiven { Seite 64 }

Kapitel 1

Der Traum

Der Traum kam mehrfach wieder – sehr intensiv jedes Mal und immer kurz vorm Aufwachen. Isabell saß in einem Raum, dessen Wände aus dem grauen Naturstein einer Burg bestanden und der ziemlich hoch lag, augenscheinlich in einem höheren Stockwerk dieser Burg. An den Wänden hingen schöne Webteppiche, auf dem Boden lagen Tierfelle. Isabell war nicht allein in dem Raum, und sie war erfüllt von einem unbeschreiblichen Glücksgefühl.
Noch während sie aufwachte, genoss sie dieses Gefühl und bedauerte, dass der Traum zu Ende war.
Kurze Zeit darauf kehrte genau derselbe Traum wieder – und diesmal konnte sie noch weitere Einzelheiten erkennen. Sie sah, dass eine große schöne Holztruhe an der Wand stand und dass außer ihr noch drei Frauen hier im Raum saßen. Alle waren sie mit irgendwelchen Stickarbeiten beschäftigt und plauderten und lachten dabei vergnügt. Wieder war Isabell erfüllt von diesem starken Glücksgefühl.
Und wieder verspürte sie Bedauern, als sie erwachte und dieser schöne Traum zu Ende war. Den ganzen Tag musste sie immer wieder daran denken. Es war doch seltsam, das Gleiche zweimal hintereinander zu träumen und so deutlich und intensiv! So unmittelbar vor dem Aufwachen war das ja beinahe schon wie ein Wachtraum gewesen.

Am Morgen danach kehrte der gleiche Traum wieder. Genüsslich schwelgte Isabell in ihrem Glücksgefühl und sah sich in dem Raum um, der ihr irgendwie ganz vertraut erschien. Einen großen Kamin gab es hier, der jetzt aber nicht an war. Es war offensichtlich Sommer und durch das unverglaste Fenster leuchtete der blaue Himmel herein; Schwalben segelten durch die Luft. Die Frauen, zwei junge Mädchen und eine im mittleren Alter, trugen ebenso wie sie selbst lange schmalgeschnittene Kleider, wie man sie im 13. Jahrhundert trug. Sie selbst war ebenfalls ein junges Mädchen und sie wurde von den andern Jungfer Babette genannt.

Wieder begleitete dieser Traum Isabell durch den Tag. Was hatte das nur zu bedeuten? So einen Traum hatte sie noch nie gehabt – er war so realistisch, so wenig wirr oder verzerrt, wie es sonst Träume oft sind – und er war so wunderschön!
Sie hoffte schon, sich bald wieder in diesem Raum zu befinden und wieder dieses Gefühl zu erleben – und sie wurde nicht enttäuscht.
Erneut kam etwas dazu. Ihre Gefährtinnen, von denen sie auf einmal wusste, dass es ihre Verwandten waren, bei denen sie seit einiger Zeit lebte, weil sie keine Eltern mehr hatte, liefen immer wieder ans Fenster und sahen hinaus. Alle waren sie irgendwie aufgeregt und schienen auf etwas zu warten, das bald passieren sollte. Und das etwas mit ihr, mit Babette, zu tun hatte. Sie, die arme Waise, war hier zur Zeit die Hauptperson.
Isabell hatte nach dem Aufwachen das Gefühl, dass sie kurz vor der Lösung des Rätsels stehen musste.

Warum war sie in diesem Traum so glücklich? Und warum wirkte das alles so intensiv, woher wusste sie bestimmte Sachen plötzlich, wie zum Beispiel, dass ihre Eltern in dem Traum Katharer gewesen waren in Südfrankreich, dort verfolgt und umgebracht worden waren und dass sie seitdem als arme Waise bei ihren Verwandten in Burgund lebte?
Und vor allem: Warum kehrte dieser Traum immer wieder, vervollständigte sich quasi immer mehr und kam immer kurz vor dem Aufwachen, so dass er sie in den Tag hinein geleitete?
Es war äußerst rätselhaft.

Mit Hardy konnte sie schlecht darüber reden, er konnte sich an keinen einzigen Traum erinnern, träumte also sozusagen gar nicht bewusst. Außerdem würde er mit ziemlicher Sicherheit sagen, dass Träume nichts zu bedeuten haben.
Isabell hatte andere Erfahrungen gemacht.
Ihr Leben lang war sie von blutrünstigen Albträumen gequält worden, in denen Menschen geschlachtet wurden. Als sie aufhörte, Fleisch zu essen, hatten auch diese Träume schlagartig aufgehört. Sie hatte sich hinterher erinnert, dass sie schon als kleines Kind kein Fleisch essen wollte, ihre Eltern sie aber dazu genötigt hatten, weil sie dachten, das müsste so sein. Dieser Albtraum hatte also durchaus seinen Sinn, denn gesundheitlich ging es ihr als Vegetarierin viel besser.
Am nächsten Morgen vor dem Aufwachen durfte Isabell sich wieder in ihrem Traumzimmer einfinden, und diesmal kam der entscheidende Moment. Das Unglaubliche

an diesem Traum war, dass sie schon fast wach war und ihr Wachbewusstsein mit anwesend sein konnte und somit das Geschehen begleiten und kommentieren konnte. Als Jungfer Babette wurde sie von den andern an das Fenster gerufen, sie solle hinaussehen, „da käme er grade". Mit Herzklopfen, voll ungläubiger Freude, beugte sie sich hinaus und sah auf den Burghof hinunter.

Sie wusste jetzt, wer da kam und warum. Er, Junker Guillaume, wie sie ihn nannte (eigentlich hieß er Willehalm), kam, um ihre Hand anzuhalten, obwohl sie über keinerlei Mitgift verfügte und ihr Leben normalerweise als arme Verwandte hätte beschließen müssen. Es war etwas ganz und gar ungewöhnliches und außerordentliches, dass sich für ein Mädchen wie sie ein Ehemann fand. Ein Ehemann dazu, der nett aussah, jung und freundlich war und ein, wenn auch relativ kleines, Anwesen besaß. Sie würde einen eigenen Haushalt haben und Kinder, ein Glück, mit dem sie niemals gerechnet hatte. Und alle freuten sich mit ihr.

Er ritt auf seinem hellbraunen Pferd auf den Burghof und er hatte sich herausgeputzt für diese besondere Gelegenheit. Er trug ein nagelneues rotes Samtwams nach der letzten Mode, dazu ein passendes Barrett auf dem Kopf mit einer langen Feder. Er hob den Kopf und blickte zu ihr herauf, sie sah sein schelmisches Lächeln, als er sie grüßte.

Und Isabell, das Wachbewußtsein von Isabell, nicht von Babette, erlitt fast einen Schock, als sie in dieses Gesicht sah.

Es war das Gesicht von – Hardy.

Haargenau sein Gesicht, nur jünger und mit längeren

Haaren. Die ganze Gestalt, die sie sich jetzt genau ansah, war eindeutig seine. Etwas gedrungen, kräftig, und unter dem schicken roten Wams zeichnete sich schon ein kleiner Bauchansatz ab. Eine ganz und gar vertraute Gestalt.
Diesmal wachte Isabell auf und war völlig verblüfft. Was war das denn nun??! Was hatte das denn nur zu bedeuten? Abgesehen von dieser völlig rätselhaften Erscheinung wusste sie nun auch noch, dass das Ganze sich im Jahr 1248 abspielte und dass Babette diesen Junker Guillaume, wie sie ihn nannte, heiraten und zu ihm auf sein kleines Gut ziehen würde. Auch das Bild des Gutes stand ihr vor Augen und die Jahre des großen Glücks, die Babette mit ihm erlebte, bevor sie bei der Geburt ihres zweiten Kindes starb.
Isabell überlegte, wem sie von dieser rätselhaften Geschichte erzählen konnte.
Ihr fiel ihre Freundin Maren ein, mit ihr konnte man auch über ungewöhnliche Sachen sprechen. Sobald sie konnte, machte sie sich auf den Weg zu ihr.
Maren lachte. „Was hast Du denn nun wieder Tolles auf Lager?" fragte sie. „Toll, ja, das kann man wohl sagen," ächzte Isabell.
Sie begann zu erzählen.
Marens Gesicht wurde ernst. „Hmm," sagte sie, „das ist ja wirklich mehr als außergewöhnlich. Du bist also schon mal in einem früheren Leben mit Hardy verheiratet gewesen." „Meinst du, dass man das so deuten kann?" überlegte Isabell. Das Ganze hatte sich tatsächlich eher wie eine Erinnerung angefühlt als wie ein normaler Traum.

„Aber wieso sieht er denn heute wieder genauso aus? Gibt es das denn?"

„Tja, weißt du, so langsam glaube ich, dass so ziemlich alles möglich ist," meinte Maren, „vielleicht wollte er wieder mit dir zusammen sein, und so fühltest du dich trotz eurer großen Charakterunterschiede stärker zu ihm hingezogen."

Isabell dachte daran, wie seltsam vertraut Hardy ihr vorkam, als sie ihn kennenlernte, und dass sie aus dem gleichen Grund regelrecht verblüfft gewesen war, als sie das erste Mal zusammen waren.

Auch hatte ihr Verstand nie recht nachvollziehen können, dass sie unbedingt mit einem so nüchternen Menschen wie ihm zusammenleben wollte, der ihre zahlreichen künstlerischen und spirituellen Interessen zwar akzeptierte, aber in keiner Weise teilte oder auch nur verstand.

Der Gedanke, dass Liebe die Jahrhunderte überdauern konnte und so ein tragisches Auseinandergerissenwerden durch einen frühen Tod nicht das Ende bedeuten musste, war allerdings wunderschön!

Kapitel 2

Die Grillparty

„Das kann nicht gut sein, dass du überhaupt kein Fleisch isst", stellte Hardy eines Tages fest, „sowas ist einseitig. Die Menschen essen seit Urzeiten Fleisch, das ist ein natürlicher Teil ihrer Ernährung."

„Die Zeiten ändern sich und haben sich immer geändert", erwiderte Isabell, „und mir geht es viel besser so, mir fehlt nichts. Außerdem finde ich es furchtbar, wie die Menschen die Tiere behandeln. Wenigstens sollten die Leute nur Fleisch aus artgerechter Tierhaltung essen. Und die industrielle Landwirtschaft macht auch die Böden kaputt und verseucht das Grundwasser."

„Mit deinen Biosachen kann die Weltbevölkerung aber nicht ernährt werden," wandte Hardy ein, obwohl auch er inzwischen meistens Bioprodukte kaufte und aß.

Auf diesen Einwand wusste Isabell nichts zu erwidern, aber die Frage ging ihr von nun an im Kopf herum.

Eine Antwort fand sie dann eines Tages in einer Zeitschrift, die gratis im Bioladen auslag – hier wurde in einem ausführlichen Artikel dargestellt, dass alle Menschen auf der Erde von den Produkten der biologischen Landwirtschaft leben könnten, wenn der Fleischkonsum in der westlichen Welt um die Hälfte reduziert würde. Die riesigen Ackerflächen, die heute für den Anbau von Viehfutter verwendet werden, könnten dann der Ernährung von Menschen dienen.

Aha, dachte Isabell, so ist das also. Eigentlich logisch.

Jetzt fiel es ihr noch schwerer als vorher, mit anzusehen, wenn Menschen morgens, mittags und abends Fleisch und Wurst aßen und das für normal hielten. Sie selbst hatte schon lange die Erfahrung gemacht, dass es zahlreiche Ersatzprodukte gab, die ausgezeichnet schmeckten, wenn sie entsprechend zubereitet wurden. Zuerst hatte sie ein wenig gesucht und sich die Namen der gut schmeckenden Produkte aufgeschrieben. Auch Hardy war bereit, das hin und wieder zu essen, wenn sie für beide etwas Leckeres damit gekocht hatte, obwohl ihm nach wie vor Fleisch besser schmeckt.

Im Sommer wurde reihum im Freundeskreis oder in der Nachbarschaft öfter mal gemeinsam gegrillt, wenn ein schöner warmer Sommerabend das zuließ. Isabell liebte das, vor allem den Umgang mit dem Feuer und weil es auch mal was anderes war als das, was man sonst immer so zum Essen machte. Bisher war sie dann meistens der Exot gewesen, der sich vorher rechtzeitig seine Tofuwürstchen besorgte und mitbrachte. Tja, man kann halt niemanden missionieren, dachte sie resigniert seufzend, obwohl sie es gerne gemacht hätte, wenn sie an die Welternährung und an die schreckliche Massentierhaltung dachte.

Dann hatte sie eine Idee. Sie wollte eine Grillparty veranstalten wie schon öfter, bei der alle einen Salat mitbrachten und sie selbst die Getränke und das Grillgut besorgten. Der Unterschied sollte diesmal darin liegen, dass sie statt Fleisch nur fleischlose panierte Schnitzel, Hamburger und Würstchen sowie Gemüsebällchen grillten und anboten. Ankündigen wollte sie das nicht und sie war gespannt, ob und wann die Gäste das überhaupt merken würden. Sie hatte außerdem beschlossen, diesmal nur die Freunde einzuladen, die selbst keine Vegetarier waren.

Gedacht, getan. Hardy war skeptisch. „Die werden das aus Höflichkeit essen," meinte er, „aber ich glaube nicht, dass sie's mögen."

Bei der Vorbereitung gab sich Isabell besonders viel Mühe mit den Soßen; sie wollte ja so gern, dass es diesmal allen besonders gut schmeckte. Am besten wäre es, wenn keiner etwas merken würde, dachte sie, und wenn sie hinterher einfach nur zu sagen bräuchte, dass das eine Art Werbeveranstaltung dafür sein sollte, den Fleischverbrauch zu reduzieren. Alle würden dann merken, dass das gar nicht so schlimm ist.

Die Menschen stellen sich so schwer um, dachte sie, ich merke ja selber, dass ich beim Einkaufen die Tendenz habe, immer dieselben Sachen zu kaufen.

Wie jeden Sommer hatte sich Isabell für das Grillfest schönes Wetter gewünscht, und wie jedes Mal wurde ihr Wunsch erfüllt.

Die Gäste brachten leckere Salate mit und meinten „Ihr habt ja wieder mal das ideale Wetter!"

Hardy hatte das Grillfeuer rechtzeitig angezündet und auf der Glut schmurgelten die appetitlich aussehenden Schnitzel, Hamburger und Würstchen. Isabell hatte aus Paprika, Tomaten, Zwiebeln und kleinen Würstchen noch Gemüsespieße gemacht. Das Ganze unterschied sich optisch in keiner Weise von anderen Grillrosten.

Es schmeckte allen ausgezeichnet und niemand stellte fest, dass kein Fleisch dabei war.

Nur eins hatte Isabell nicht bedacht: Einer ihrer Freundinnen fiel plötzlich auf, dass Isabell ja ganz vergnügt mitaß und diesmal gar keine Extrawurst gebraten bekam.

„Ach, das ist wohl gar kein Fleisch, " sagte sie, „du isst das ja auch mit." Worauf sich alle Blicke auf Isabells Teller richteten.

Daran hatte Isabell gar nicht gedacht. Ja klar, dadurch kam jetzt natürlich alles ein wenig vorzeitig ans Licht und sie musste bekennen, dass es diesmal eine fleischlose Party war. „Hm, tatsächlich?" wunderte sich eine andere Freundin, „das kann man aber wirklich gut essen."
„Ja, schmeckt lecker", meinte ein andrer.

Immerhin hatten die meisten schon geäußert, dass es schmeckte, bevor sie das wussten, und so konnte das ja nicht nur reine Höflichkeit sein. Das war ja letzten Endes genau das, was Isabell hatte bewirken wollen.

Kapitel 3

Emma

Emma war vier Jahre alt und wohnte mit ihren Eltern im Nachbarhaus. Heute durfte sie einen Nachmittag bei Isabell verbringen, da ihre Mutter etwas Wichtiges zu erledigen hatte und Isabell ihr angeboten hatte, auf Emma aufzupassen.
Es war ein herrlicher Sommertag und sie saßen auf einer Decke im Garten. Sie unterhielten sich.
„Ist das hier ein Zaubergarten?" fragte Emma. Sie liebte Zauberer und Feen über alles und hatte zu Hause ein Feenkleid, einen Stirnreif und Flügel. Außerdem besaß sie zahllose Bücher, in denen es von Feen, Elfen und Zauberern wimmelte.
„Na klar," antwortete Isabell, „hier gibt es Sachen, die nicht alle Menschen sehen können. Deshalb ist es ein Zaubergarten."
„Und gibt es hier auch Feen?"
„Natürlich. Feen gibt es und kleine Elfen. Die sorgen doch für meine Blumen und Pflanzen; deshalb wachsen und blühen die so schön und an den Büschen wachsen leckere dicke Himbeeren, Johannisbeeren und Blaubeeren, die wir dann essen können."
„Das machen die Feen," nickte Emma, „das ist ja ihre Arbeit."
Emma sah sich die Bäume an, die in Isabells Garten wuchsen, die große Birke, die sanft mit ihren herabhängenden Zweigen im Sommerwind wedelte und den

langen schlanken Blutahorn mit seinen dunkelrotbraunen großen Blättern.

„Was meinst du," fragte Isabell sie und deutete auf die Birke, „ist dieser Baum ein Junge oder ein Mädchen?"
„Ein Mädchen!" kam es sofort zurück, „Das sieht man. Sie wedelt so mit ihren langen Haaren. Siehst du das?"
„Das stimmt," bestätigte Isabell. Emma überlegte eine Weile und fragte dann: „Wie heißt sie denn?" „Oh, ich glaube, sie heißt Eva. Wie findest du das?"
„Ja, Eva ist schön." Sie blickten eine Weile auf die Birke, die Eva hieß und die jetzt aussah, als ob ihre kleinen Blätter aus Stolz über diesen Namen besonders schön in der Sonne leuchteten.

Emmas Blick wanderte weiter zu dem Blutahorn. „Hat der auch einen Namen?" fragte sie. „Dieser Baum heißt Barbara." erwiderte Isabell.
„Warum heißt er Barbara?"
„Er erinnert mich an eine Freundin, die Barbara heißt und die auch so groß und schlank ist und dunkelbraune Haare und Augen hat. Sie liebt die Bäume sehr."
„Dann ist sie also eine Baumfreundin!"
„So ist es." „Oder," überlegte Emma, „sie ist mal die Fee von einen Baum gewesen, und darum mag sie Bäume so gern." „Das kann natürlich sein." „Dann ist der Baum bestimmt froh, dass er so heißt wie sie."

Isabells Garten war von einer Hecke umgeben, und dahinter sah man die Kronen der Linden, die die Straße einsäumten, die am Garten vorbeiführte. Emmas Blick wanderte zu der großen Linde, die direkt vor dem Garten wuchs. „Wie heißt der Baum?" Isabell zuckte die

Schultern. „Der hat noch keinen Namen. Sollen wir ihm einen geben?" „Jaa," rief Emma begeistert.

„Was meinst du denn," fragte Isabell, „ist es ein Junge oder ein Mädchen?" „Das ist ein Junge," kam es zurück. „Und wie möchtest du ihn nennen?"

„Der heißt David." „Aha, David. Ja, David ist gut." Beide sahen eine Weile den Baum David an. Es war fast so, als wenn der Baum in seiner neuen Würde ein Stück größer geworden wäre und als ob seine Blätter jetzt stärker in der Sonne leuchteten als vorher. „Er freut sich," stellte Emma fest.

Dann wandte sie sich dem nächsten Baum zu, der auf der anderen Seite der Straße wuchs und dadurch teilweise verdeckt war. „Was ist mit dem?" fragte sie, „hat der auch einen Namen?" „Nein, der hat noch keinen," erwiderte Isabell. „Aber ich glaube, wir können nicht allen Bäumen einen Namen geben. Nur denen, die in oder dicht an unserem Garten stehen. Sonst wollen all die anderen, die dahinten wachsen, auch einen haben, und ich denke, das wird uns dann zu viel. Was meinst du?" Emma sah hinüber zum Wald und man konnte sehen, dass auch ihr Bedenken kamen bei der Vorstellung, all diese Bäume könnten von ihnen verlangen, einen Namen zu bekommen.

„Weißt du was," schlug Isabell vor, „wir feiern jetzt, dass Eva und David und Barbara so schöne Namen haben. Das ist bestimmt ein besonderer Tag für sie. Ich hole jetzt Apfelsaft und Gläser und etwas zu essen und dann machen wir ein kleines Picknick hier bei den Bäumen auf der Decke." Emma war begeistert, und sie meinte, auf jeden Fall müssten Eva, David und Barbara auch etwas bekommen. „Aber keinen Apfelsaft", lachte Isabell, „dort hinten steht eine kleine Gießkanne, die kannst du mit Wasser füllen. Das bekommen die drei dann." „Und die Feen?" fragte Emma," Die laden wir doch auch ein, oder?" „Ja, stimmt, die sollten wir auch einladen. Die kümmern sich ja um die Bäume."

„Was mögen denn Feen?" überlegte Emma. „Wir legen ihnen ein leckeres Plätzchen im Gras unter den Baum", schlug Isabell vor. Emma suchte eine geeignete Stelle unter den Bäumen und platzierte dort je ein Plätzchen. Dann füllte sie die kleine Gießkanne und versorgte Eva, Barbara und David mit einer Extraportion Wasser.

Danach feierten sie gemeinsam diesen ereignisreichen Nachmittag.

Kapitel 4

Isabell und die Blumen

In Isabells Garten gab es Blumen, ein bisschen Gemüse und Kräuter. Isabell liebte ihre Pflanzen und wenn das Wetter es zuließ, ging sie durch den Garten und guckte sich alles an, wie es wuchs und blühte oder verblühte. Nur sehr selten brachte sie es über sich, einige von den Blumen abzuschneiden, um sie im Haus in eine Vase zu stellten.

So schön sie draußen auch waren und so ausdauernd sie dort auch blühten, in der Vase dauerte es nicht lange, bis sie die Köpfe hängen ließen und traurig herabhingen.

Isabell fragte Hardy, wie das wohl käme, aber er wusste es auch nicht und meinte dann, die gekauften Blumen wären halt stärker gedüngt und hielten dadurch länger oder es läge an der Blumensorte.

Dann hatte Isabell eines Nachts einen Traum. Sie träumte, dass es schon dunkel war, aber noch warm, und dass sie nochmal hinausgehen wollte, um die schöne warme Luft zu spüren und nach den Sternen zu schauen, wie sie es manchmal machte. Irgendwie war aber alles anders als sonst, anstelle der Sterne am Himmel flimmerte und blitzte es seltsam in den Büschen und Blumen und es sah aus, als ob diese Lichter sich unablässig hin und her bewegten.

Voll Erstaunen trat Isabell näher an eine besonders große Staude mit sonnenblumenartigen Blüten, die jedes Jahr zu einem fast zwei Meter hohen und sehr umfangreichen Busch emporwuchs.

Was sie da sah, verschlug ihr fast den Atem: Lauter kleine leuchtende Lebewesen schwebten um die Blüten und Blätter, als ob sie dort emsig mit etwas beschäftigt seien. Isabell versuchte, noch genauer hinzusehen und was sie da erkennen konnte, erinnerte sie an ein Bilderbuch, das sie als Kind sehr geliebt und oft angeschaut hatte: Es erzählte die Geschichte von Peter Pan, und dort kam eine kleine Fee vor, die Glöckchen hieß, lange durchsichtige Flügel hatte und überall feinen leuchtenden Feenstaub um sich verteilte. Ungefähr so sahen diese winzigen Wesen aus und Isabell konnte sich gar nicht losreißen von diesem Anblick.

„Wer seid ihr? Was macht Ihr da?" fragte sie schließlich und lauschte staunend der Antwort: „Wir pflegen die Blumen, bringen sie aus der Erde hervor und versorgen sie mit allem, was sie brauchen. Wir arbeiten unablässig daran, dass sie groß und schön werden. Wir freuen uns, wenn Ihr Menschen die Blumen liebt und schön findet."
„Oh," sagte Isabell, „Ich liebe diese Blumen alle sehr, dann habe ich Euch ja viel zu verdanken!" „Wir tun das gerne," sagten die kleinen Wesen, „es ist unsere Arbeit, die wir lieben." „Jetzt weiß ich auch, warum die Blumen so traurig sind, wenn ich sie abschneide und ins Haus stelle," erwiderte Isabell, „das sollte ich dann doch lieber nicht tun." „Du tust das ja nicht oft, „entgegneten die kleinen Geschöpfe," und du kannst das ruhig mal tun. Wichtig ist nur, dass du uns vorher Bescheid sagst und dass du der Blume sagst, dass sie Wasser bekommen wird und dass Ihr euch dann auch an ihr erfreuen werdet."
„Ja, das werde ich sicher tun," antwortete Isabell freudig,

„und vielen Dank, dass Ihr mit mir gesprochen habt! Ich danke Euch überhaupt allen für Eure Arbeit und dass Ihr hier in meinem Garten seid!" „Und noch etwas," kam es zurück, „wenn Ihr verreist, sagt uns Bescheid und denkt hin und wieder aus der Ferne an uns. Das hilft uns, die Pflanzen in Eurer Abwesenheit zu pflegen."
Isabell bedankte sich noch einmal und kehrte ins Haus zurück.

Als sie erwachte, dachte sie ganz erstaunt und gerührt über diesen wunderbaren Traum nach. Sie erzählte niemanden etwas davon, aber von jetzt an sah sie die Pflanzen mit ganz anderen Augen.
Wenn sie Blumen oder Kräuter abschneiden wollte, bat sie um Erlaubnis, sagte der Pflanze, wofür sie sie brauchte und bedankte sich, aber alles in Gedanken, so dass niemand es hören konnte. Sie fürchtete, Hardy oder die Nachbarn würden sie sonst auslachen.
Das Erstaunliche war, dass von nun an Blumen, die sie für ihr Wohnzimmer schnitt, lange frisch blieben und sogar viel länger hielten als gekaufte Blumen das tun.

Kapitel 6

Mondschein

„Der Mond muss einen gewaltigen Einfluss auf die Erde haben", überlegte Isabell, „Wenn man bedenkt, dass er die riesigen Wassermassen der Erde so stark anzieht, dass es zu Ebbe und Flut kommt!" Sie blickte fragend zu Hardy, der aus seiner Zeitung aufblickte, ihre Bemerkung zur Kenntnis nahm und schließlich mit „Hmm" kommentierte.

Und ich habe gelesen, dachte Isabell im Stillen weiter, dass im Mondlicht, besonders bei Vollmond, besondere Energien herrschen, die sich ziemlich grundlegend von denen unterscheiden, die wir bei Tageslicht erleben. Die uns fremd sind und gewöhnungsbedürftig. An die wir uns aber gewöhnen sollten, da wir in einer Zeit leben, in der grundsätzlich ganz neue und ungewohnte Energien auf die Erde strömen.

Diese Aussage hatte Isabells Interesse und Neugier geweckt. Dass mit dem Wassermannzeitalter im dritten Jahrtausend etwas Neues beginnen sollte, war keine neue Vorstellung für sie, aber dass man sich darauf quasi „vorbereiten" konnte, indem man sich mit dem Mondlicht vertraut machte, diese Idee fand sie faszinierend.

So faszinierend, dass sie überlegte, wie und wann sie mit der Umsetzung beginnen konnte. Ein Mondscheinspaziergang im Sommer bot sich an, aber dann wurde es sehr spät dunkel. Im Winter war es einfacher, weil sie es dann ohnehin oft nicht mehr schaffte, nach der Arbeit noch bei Tageslicht rauszukommen. Sollte sie Hardy überreden, mitzukommen? Ihre Gründe würde er wohl kaum nachvollziehen, aber sie brauchte ihm das ja nicht zu sagen. Allerdings würde er auf beleuchteten Straßen durch die Siedlung gehen wollen, und das wollte Isabell wiederum nicht. Das wäre dann ja kein reines Mondlicht mehr. Nein, wenn, dann musste es der Wald sein, die Wege durch die Felder und der Wald. Alleine nachts im Wald? Bei der Vorstellung erschauderte sie ein wenig, aber gleichzeitig reizte sie das am meisten.

Sie musste an eine andere Stelle aus einem Buch denken, in der nächtliche Wanderer den Eindruck schilderten, im Wald würden sie tausend Augen ansehen. Und dass es sei, als ob hier ein mysteriöses geheimnisvolles Leben erwacht sei. Ja, das musste sie ausprobieren und sehen, wie sie selbst das Ganze so erleben würde.

Es war November und Dunkelheit gab es reichlich. Zurzeit war allerdings das Wetter feucht und ungemütlich. Der Himmel war bedeckt und von Mondschein sah man keine Spur.

Isabell hatte einen Mondkalender, weil sie seit einiger Zeit versuchte, ihre Zimmerpflanzen nach den dort eingezeichneten Gießtagen zu gießen. Ob es wirkte, wusste sie nicht, die Abstände waren ungefähr die gleichen, da sie sonst auch nur einmal wöchentlich gegossen hatte. Hardy meinte, es gäbe keinen Unterschied, aber sie war sich nicht sicher. Einige Pflanzen gediehen sehr gut, etliche litten, wenn sie im Urlaub von jemand anderem gegossen wurden, aber das war immer so gewesen.

Auf diesem Kalender konnte sie sehen, dass bald Vollmond war und sie hoffte, dass das Wetter rechtzeitig aufklaren würde.

Leider war es aber an dem Vollmondtag immer noch trüb und der Himmel war den ganzen Tag von einer dichten Wolkenschicht bedeckt. Abends saß Isabell an ihrem Schreibtisch und korrigierte noch Hefte für den nächsten Schultag. Als sie endlich fertig war, reckte und streckte sie ihre verkrampften Schultern und bedauerte, dass sie wieder den ganzen Tag nicht rausgekommen war. Sie ging hinunter und trat einen Moment vor die Haustür, um frische Luft zu schnappen. Die Luft war klar und kalt und der Himmel war jetzt völlig wolkenlos. Es herrschte ein seltsames helles Licht, das von der strahlenden runden Mondscheibe ausging, die hoch über den Häusern am Himmel stand.

Isabell sah auf die Uhr. Halb elf – ziemlich spät schon. Sie überlegte. Am nächsten Tag musste sie erst etwas später zur Schule, also konnte sie die Gunst der Stunde nutzen und ihren lang geplanten Mondscheinspaziergang machen. In den Wald, der da drüben wie eine dunkle Masse lag. Allein. Hardy guckte sich oben einen Krimi an und würde also gar nichts merken. Nichts wie los!

Isabell zog ihre warmen Stiefel und ihren Mantel an, Schal, Mütze, Handschuhe und los ging es. Leise zog sie die Haustür zu. Mit festen entschlossenen Schritten überquerte sie die Autobahnbrücke, unter der immer noch Laster und PKWs ihren nächtlichen Zielen entgegenfuhren, wenn auch nicht mehr so viele wie tagsüber. Jetzt lagen die freien Felder vor ihr, hell erleuchtet von der großen Mondscheibe dort oben und wie übergossen von ihrem klaren kalten Licht. Isabell freute sich und dieser Ausflug gefiel ihr ausnehmend gut. Das war doch mal was ganz anderes! Vergnügt lächelte sie in sich hinein. In dem Bauernhaus, das vor ihr lag, war kein Licht zu sehen. Man sah eigentlich fast alles so klar wie am Tag, nur war das Licht ganz anders. Isabell schritt an dem Hof vorbei und auf den Wald zu. Die riesigen Buchen mit ihren kahlen Ästen standen zu Beginn noch relativ weit auseinander und dazwischen war es ebenfalls recht hell.

Dann wurden die Bäume dichter. Isabells Schritte wurden langsamer, zögerlich blickte sie den Waldweg entlang. Hier war es schon beträchtlich dunkler und das helle Mondlicht warf bizarre Schattenmuster auf den Boden. Ich kenn doch hier alles, dachte sie, aber dann musste sie an das Gefühl denken, das man hat, wenn man glaubt, tausend Augen blickten einen an. Sie merkte, dass sie sich bei dieser Vorstellung gruselte. Quatsch, dachte sie. Und dann kamen ihr andere gruselige Vorstellungen. Wenn jetzt hier irgendjemand kommen würde? Sie war ganz allein und niemand würde sie hören, wenn sie schrie. So ein Blödsinn, versuchte sie sich zu beruhigen, das wäre doch auch tagsüber so und da habe ich nie Angst. Es half alles nichts, sie wollte wieder weg hier, es war schlichtweg unheimlich.

Der vertraute Wald bei Vollmond war einfach etwas anderes als der Wald bei Tageslicht, auch bei Dämmerlicht, denn in der Abenddämmerung war sie hier auch schon öfter gewesen und hatte das Naturschauspiel bewundert, ohne dass ihr je solche Gedanken gekommen wären wie heute.

Bis sie wieder auf dem Feldweg war, schritt sie ziemlich schnell aus und sie musste über sich selbst lächeln.

Gewöhnen? Naja, das war wohl doch nicht so einfach, wie es sich anhörte. Zwischen den Feldern fühlte sie sich wieder in Sicherheit und sie atmete innerlich auf. Der Rest des Weges war wieder ein fast normaler Spaziergang bei besonderen Lichtverhältnissen.
Leise schlüpfte sie ins Haus. Jetzt hatte sie das Bedürfnis, Hardy zu sehen, und ging nach oben. Sein Film war grade zu Ende. „Ich hab grade einen Waldspaziergang im Mondschein gemacht," konnte sie sich nicht verkneifen zu sagen. Er sah sie ungläubig an. „Jetzt? Im Wald?" fragte er. „Ja, ich wollte mal sehen, wie das ist." Er lachte. „Du hast ja wirklich Ideen!" Aber augenscheinlich fand er das nicht gefährlich. Dass sie sich gegruselt hatte, behielt sie lieber für sich.

Kapitel 7

Wunschdenken

„Es begab sich zu der Zeit, als das Wünschen noch geholfen hat." Mit diesem Satz hatte so manches Märchen angefangen, das Isabell früher gelesen oder das sie ihren Kindern vorgelesen hatte. Wie ist das heute? fragte sich Isabell, als sie ihre Lebenssituation und besonders ihre Wohnsituation überdachte. Vor etlichen Jahren, als sie noch alleine war, hatte sie in einer hübschen, aber relativ kleinen Wohnung gewohnt, dicht an der Schule, in der sie arbeitete, mit einer runden Terrasse vor der Tür, aber ohne eigenen Garten. Zur Schule war sie zu Fuß durch eine Neubausiedlung gegangen, und es machte ihr Spaß, sich die verschieden gebauten Häuser, meistens Doppelhäuser, und die darum liegenden Gärten anzusehen. Die meisten hatten pfiffige Gauben oder Erker, warm aussehende Holzterrassen oder sie waren insgesamt aus Holz, was Isabell auch sehr schön fand. In sowas möchte ich wohnen, hatte sie gedacht, in sowas oder in einem Schloss. Dabei hatte sie das Schloss vor Augen, das unweit der Siedlung vor der Stadt lag, und das von einigen Nebengebäuden und einem Wassergraben umgeben war. Schließlich beschloss sie eines Tages, Kontakt zu den Bewohnern aufzunehmen, nachdem sie bei ihren Nachbarn Erkundigungen über sie eingezogen hatte. Sie wusste nun, dass das Schloss nur zur Hälfte von Pächtern bewohnt war, der andere Teil war leer.
Mutig schritt sie eines Sommertages über die kleine

Brücke durch den steinernen Torbogen und sah sich um, ob jemand im Innenhof zu sehen war. Im angrenzenden Garten sah sie eine junge Frau mit einem Kind und sie ging auf sie zu. „Guten Tag," grüßte sie, „entschuldigen Sie die Störung, ich hätte da mal eine Frage. Ich arbeite hier in der Nähe in der Schule und suche eine Wohnung. Da ich dieses Schloss so wunderschön finde, wollte ich mal fragen, ob es hier vielleicht eine Wohnmöglichkeit für mich gibt."
Die junge Frau hatte ganz freundlich reagiert und ihr erzählt, dass der leer stehende Teil des Schlosses leider nicht bewohnt werden konnte, da er erst hätte saniert werden müssen. Sie sagte aber auch, dass vielleicht bald eines der Nebengebäude frei würde, in dem ein Mieter wohnte. Sie würde ihr Bescheid geben, sobald dieser seinen Beschluss, wegzuziehen, endgültig gefasst hätte. Isabell hatte ihr ihre Telefonnummer hinterlassen und sich auf dem Heimweg das entsprechende Nebengebäude angesehen. Es war ein hübsches kleines Fachwerkhaus mit einem eigenen Gärtchen. Wow, dachte Isabell, da bin ich ja grade im passenden Moment gekommen.
Später kam es dann doch nicht dazu, da der Mieter sich zum Bleiben entschloss und daraufhin hielt Isabell Ausschau nach einem der hübschen neuen Doppelhaushälften in ihrer Siedlung. Sie wollte sie mieten und sich nach einer Mitbewohnerin umsehen, da sie allmählich keine Lust mehr hatte, allein zu wohnen. Schließlich fand sich tatsächlich nach einiger Zeit ein solches Haus, das zu vermieten war. Die Miete lag im Rahmen ihrer Möglichkeiten und Isabell ging begeistert durch die Räume, im Geiste richtete sie schon alles ein. Nur eine passende

Mitbewohnerin musste noch gefunden werden.

Dann aber kam es zu einer Veränderung, die all diese Pläne hinfällig machte – Hardy wollte eine Stelle in ihrer Stadt antreten. Nachdem sie sich jahrelang nur an den Wochenenden sehen konnten, war es jetzt möglich, gemeinsame Wohnpläne zu schmieden.

Er schlug vor, ein Haus zu kaufen, in dem sie gemeinsam wohnen konnten und für das er schon den finanziellen Rahmen abgesteckt hatte. Dieser Rahmen war nun allerdings so, dass ein ganz neues Haus, von dem Isabell träumte, zu teuer war.

Eine ganze Zeit lang durchforsteten sie Zeitungen und Internet und besichtigten an den Wochenenden zahllose Häuser. Große und kleine, Bruchbuden und seltsam verbaute oder bizarr gestaltete Häuser oder auch schöne Häuser, die aber direkt an einer sehr lauten Straße lagen oder irgendeinen anderen Nachteil hatten. Dass das Haus noch im Stadtbereich liegen sollte und trotzdem im Grünen, wie Isabell sich das wünschte, machte die Suche auch nicht einfacher.

„Das, was wir suchen, gibt's zu dem Preis nicht," resignierte Hardy, „auf jeden Fall sollte das nicht in einer völlig toten Ecke liegen. Ein netter Biergarten müsste schon in der Nähe sein."

In der Zeitung entdeckten sie die Anzeige einer Baufirma für eine neue Doppelhaushälfte, die noch im Rohbau war. Der Preis, und das fiel ihnen als erstes ins Auge, lag ungewöhnlicher weise genau innerhalb ihres Limits. Isabell jubelte innerlich, aber Hardy war skeptisch. „Das hat doch bestimmt einen Haken," meinte er, als sie ihm das Angebot zeigte. Dennoch war er bereit, sich das umgehend mit ihr anzusehen. Sie landeten in einem Neubaugebiet vor der Stadt, in dem zwischen den neuen Häusern, meistens Doppelhäusern, die wohl in den letzten Jahren gebaut worden waren, noch einige leere Grundstücke übriggeblieben waren. Das Haus, um das es sich handelte, hatte wie alle hier ein relativ kleines Grundstück, aber es hatte eine Besonderheit: Es stand irgendwie falsch herum auf diesem Grundstück. Die Häuser auf dieser Seite der Straße hatten alle den größeren Teil des Gartens zur Straße hin, weil das die Südseite war. Der Eingang war jeweils seitlich und das Wohnzimmer mit der Terrasse lag vorne, zur sonnigen Südseite hin.

In diesem Doppelhaus war es jedoch genau umgekehrt: die beiden Wohnzimmer lagen hinten auf der Nordseite und waren entsprechend düster. Der Garten dahinter reichte grade für eine Terrasse und eine schmales Blumenbeet, und der Vorgarten war dafür riesig. Eine seltsame Konstruktion!

Enttäuscht gingen sie durch das Haus. Sie waren sich einig: So ein düsteres Wohnzimmer wollten sie nicht.

„Das ist also der Haken an der Sache," seufzte Isabell.

Der Vertreter der Baufirma erklärte ihnen, dass der Besitzer der zweiten Haushälfte das so gewollt hatte. Ansonsten handelte es sich um ein Erbpachtgrundstück, was zum Teil den Preis erklärte. Zum andern Teil bestand wohl das Problem darin, dass sich nur schlecht ein Käufer für diese zweite Haushälfte fand, denn wer wollte schon so ein düsteres Wohnzimmer? Dadurch war der Preis reduziert worden.

Enttäuscht verließen sie die Baustelle und Isabell sah

ihren Traum, der kurze Zeit aufgeflackert war, wieder dahin schmelzen.

Die Suche ging weiter, aber immer wieder, von Zeit zu Zeit, entdeckten sie die Anzeige für dieses Haus in der Zeitung. Anscheinend war es wirklich schlecht zu verkaufen. Die Wochen gingen dahin, sie suchten und fanden nichts Passendes. Dann wurde das Haus in einer vergrößerten Anzeige im neuen Kontext angeboten – im Tag der offenen Tür mit spezieller Beratung. Hardy und Isabell beschlossen, noch einmal hinzufahren.

Diesmal bot sich ihnen ein etwas anderer Anblick. Das Baugerüst war verschwunden, das Haus war inzwischen verklinkert, und zwar sehr schön: Es waren raue Klinker in verschiedenen warmen Orangetönen, das Dach war schwarz, die Gaube ebenfalls schwarz verkleidet und die Dachrinnen aus Kupfer. Dazu die weißen Fensterrahmen – das sah insgesamt sehr ansprechend aus! Hardy und Isabell waren beeindruckt. „Das ist ja richtig toll!" rief Isabell begeistert. Sie gingen hinein. Die Treppe war soweit fertig, dass man hinauf gehen konnte. Aus den Fenstern bot sich ihnen ein wunderbarer Blick auf die Landschaft; das Grundstück grenzte an eine von schönen Bäumen gesäumte Landstraße, dahinter lagen Felder und Wald. „Du meine Güte," rief Isabell, „das ist ja genau das, was ich die ganze Zeit gesucht habe! Wieso ist mir das denn vorher nicht aufgefallen? Aus fast allen Fenstern so ein Ausblick!" Im Wohnzimmer hatte die Baufirma einen Infostand aufgebaut, und sie sprachen den dort anwesenden Vertreter der Firma an. „Wir hätten Interesse an diesem Haus," sagte Hardy, „kann man hier im Wohnzimmer nicht zum Westen hin noch ein

Fenster einbauen? Dann wäre es doch viel heller und der Ausblick wäre doch ausgesprochen schön." „Das geht natürlich. Es wurde nur nicht gemacht, damit sie an dieser Seite des Hauses eine Garage anbauen können," war die Antwort. Man vereinbarte, dass ohne zusätzliche Kosten ein großes Fenster auf der Westseite Licht und eine schöne Aussicht ins Wohnzimmer bringen sollte.

Isabell konnte ihr Glück kaum fassen. Ihr Wunsch ging in Erfüllung! Innerhalb ihres engen Finanzlimits hatten sie jetzt genau das Haus gefunden, das ihr vorgeschwebt hatte. Nagelneu, wunderhübsch, bestens isoliert und somit energiesparend, mit traumhaftem Ausblick. Von der nahen Autobahn bekam man optisch gar nichts mit und akustisch nur bei einer bestimmten Windrichtung, die meistens dann auch schlechtes Wetter brachte, so dass man dann ohnehin nicht draußen saß. Hardy baute eine schöne Holzterrasse vor das Wohnzimmer und im Sommer schien die Sonne dort von morgens bis abends. Ein Traumhaus! Innerhalb von drei Jahren wuchsen, nein wucherten fast schon die schönsten Blumen, Ziersträucher, Beerensträucher und Isabell erzielte ihre ersten Erfolge in ihrem Kräuter- und Gemüsebeet.

Isabell musste im Nachherein lächeln, als sie daran dachte, wie ihr Wunschhaus sie per Anzeige quasi immer wieder gerufen hatte: „Hier bin ich! Findet mich doch endlich!" während sie beide noch überzeugt waren, dass das doch nicht sein konnte.

Die Zeit, als das Wünschen noch geholfen hat? Isabell war sich sicher, dass auch heute das Wünschen noch hilft. Sie brauchte sich nur das Haus anzusehen, in dem sie wohnten, das war doch ein schlagender Beweis dafür, dass sich, entgegen aller Wahrscheinlichkeiten und Schwierigkeiten, Wünsche sehr wohl erfüllen.

Kapitel 9

Urlaub

Für Isabell und auch für Hardy war Urlaub, verbunden mit einem Ortswechsel, eins der wichtigsten und schönsten Dinge des Jahres. Beide waren sie neugierig auf Neues, freuten sich aber auch, mal hin und wieder Vertrautes wiederzusehen. Isabell zog den Abenteuerurlaub vor, sie hatte mit ihrer Familie zehn Jahr lang auf einer Wiese in der Bretagne gezeltet, mit abendlichem Lagerfeuer und Aufwachen zwischen grünen Hecken und Vogelgezwitscher.

Hardy hatte mit seiner Frau ein Ferienhaus am Meer besessen, das Isabell im ersten Jahr ihrer Beziehung noch kennengelernt hatte; für sie ein ungewohnter Luxus. Als sie ihn kennengelernt hatte, lebte er zwar schon seit einem Jahr getrennt, war aber noch nicht geschieden. Später, nach der Scheidung, gehörte es dann seiner Frau. Nach einigen Reisen in den USA, die ihrem Nachholbedarf an Neuem und an Ferne entsprach, wollte sie das Ganze wieder einmal ein bisschen abenteuerlicher gestalten. In den USA waren sie meist mit geliehenen Autos von einem Motel zu andern gefahren, das war ihr zu distanziert von der Landschaft und zu sehr abgeschottet von der Bevölkerung. Wie in einer Glaskapsel bewegte man sich durch die Gegenden und in den immer gleichen Motels fand keinerlei Kontakt mit anderen Menschen statt.

Nein, Isabell wollte mal wieder etwas anderes. Sie wollte

sich viel bewegen und ein Land genauer, intensiver kennenlernen, am liebsten möglichst ursprüngliche Landschaften. Da sie Frankreich sehr liebte und es dort den letzten großen Fluss in Europa mit ursprünglich belassenen Ufern gab, die Loire, schlug sie Hardy vor, dort eine Radtour zu machen. Die Ursprünglichkeit des Loiretals war dem erfolgreichen Kampf von französischen Umweltaktivisten zu verdanken, und inzwischen hatte man dort eine Radroute ausgebaut, die gleichzeitig eine Besichtigung der traumhaften Loire-Schlösser ermöglichte. Hardy hatte noch nie eine solche Radtour gemacht, war aber einverstanden. Er überließ Isabell die Vorbereitung, da sie die Sprache gut beherrschte. Was sie ihm allerdings schlecht vermitteln konnte, war, dass sie eigentlich kaum etwas vorbereiten wollte. Das ganze sollte spontan geschehen, ohne Reservierungen und Voranmeldungen und somit ohne feste Streckenplanungen. Isabell wusste, dass sie wahrscheinlich körperlich nicht die gleiche Kondition hatte wie Hardy und sie wollte, dass das Ganze nicht in Stress für sie ausarten würde. Sie hatte die Erfahrung gemacht, dass sie immer eine Unterkunft gefunden hatte, wenn sie eine suchte und hatte absolutes Vertrauen entwickelt. Natürlich hatte sie sich nicht grade den Monat August für sowas ausgesucht, weil dann die meisten Einwohner von Paris Urlaub machten, sondern den Monat Juli. Sie überlegte nur grob eine Reiseroute für zwei Wochen und suchte am Ausgangspunkt übers Internet eine Unterkunft, bei der sie ihr Auto mit dem Gepäck für die dritte Woche lassen konnten, die sie am Meer verbringen wollten. Sie fand eine kleine Pension an der Loire, wo sie das Auto, wie man ihr am Telefon versicherte, in einem abgeschlossenen Hinterhof lassen konnten, und zu der sie nach der Radtour mit dem Zug zurückkehren konnten. Ein bisschen grummelig war es Isabell schon zumute, als Hardy meinte, „Na ja, das Ganze liegt jetzt in Deiner Verantwortung. Wenn du meinst, dass das so funktioniert…"

Sie ließ den Gedanken, dass es nicht klappen könnte und das Bild von müden und vergeblich nach einem Zimmer suchenden Radfahrern erst gar nicht in sich hochkommen. Nein, das würde schon klappen! Je mehr Vertrauen man hatte, umso besser klappte es. Auch Isabells Ausrüstung war eher bescheiden, ein ganz normales Fahrrad, die Taschen eher billig (man wusste ja nicht, ob man das Ganze je wiederholen würde!), aber mit vielen kleinen Seitentaschen.

Nach einer leider unangenehm langen Anfahrt mit dem Auto und den Fahrrädern hinten drauf kamen sie in der kleinen Pension an, wo sie sehr herzlich empfangen wurden. Das Gepäck für die die Radtour wurde aussortiert und das Auto mit dem restlichen Gepäck in einem Hinterhof eingeschlossen.

Als erstes sahen sie sich die Loire an, die einige hundert Meter entfernt lag und ein beeindruckendes Bild bot. Endlos breit, aber unterbrochen von zahlreichen Sandbänken, mit teilweise sandigen und teilweise bewachsenen Ufern, glitzerte die riesige Wasserfläche in der Sonne. Auf einer der Sandbänke sonnte sich ein Reiher und Trauerweiden ließen ihre filigranen Zweige ins Ufergewässer hängen.

Isabell war begeistert. Hier fehlten eigentlich nur noch Segelschiffe, um einen Eindruck zu vermitteln, wie es an

Flüssen früher ausgesehen hatte. Die Loire war so flach, dass keinerlei Lastschiffe das Bild störten, und auch Motorboote waren nicht zu sehen. Wie ihr später erzählt wurde, waren die Gewässer allerdings nicht so harmlos und ungefährlich wie sie aussahen.

Am zweiten Tag wurden die Räder beladen, wobei selbst Isabells Billigtaschen eine erstaunliche Menge an Gepäck aufnehmen konnten. Da sie jedoch vermutete, dass diese Taschen nicht ganz wasserdicht sein würden, hatte sie für alle Fälle mehrere große Plastiktüten dabei, um sie notfalls drüber zu ziehen. Hardys Ausrüstung war da schon wesentlich perfekter.

Los ging's! Es war ein herrliches Gefühl, auf diese Weise unterwegs zu sein. Hinein ins Abenteuer, ins Unbekannte, ohne zu wissen, wo man abends landen und schlafen würde. Diese Art zu reisen war herrlich – man war dicht in der Landschaft, konnte die Felder, Wiesen und Wälder riechen, hören und die Luft fühlen, intensiv und direkt und nicht abgeschottet im Auto sitzend. Die Bewegung war langsam genug, um alle Details wahrzunehmen, auch subtile Veränderungen der Landschaft zu registrieren und ganz langsam zu erleben, wie aus vereinzelten Häusern allmählich ein Dorf wurde und ein dörfliches Umfeld allmählich in eine Stadt überging. An besonders schönen Platzen, meist mit Blick auf das Wasser und im Schatten von Bäumen, machten sie Rast und nahmen ihren mitgebrachten Imbiss ein. Die Dörfer an der Loire waren malerisch, weiße Tuffsteinhäuser, die teilweise schon schlossartigen Charakter hatten, blühende Stockrosen überall und romantische verschnörkelte Straßenlaternen.

Schon unterwegs sahen sie häufiger ein Schild „Chambre d'hôte", Gästezimmer, was ja irgendwie etwas Beruhigendes hatte. Sie fuhren, bis sie keine Lust mehr hatten, und das Wetter war meist so, wie Isabell sich das gewünscht hatte, nicht zu heiß, aber warm mit bedecktem Himmel.

An einem kleinen Ort beschlossen sie, nach einer Unterkunft zu suchen. Hier gab es zwar Läden und Cafés, aber diesmal keine Schilder für Privatzimmer oder ein Hotel. Auch ein Touristikbüro war nirgends in Sicht, obwohl sie den Ortskern nach mehreren Richtungen hin durchfuhren. Isabell beschloss schließlich, jemanden zu fragen. Sie wurden in eine Richtung nach außerhalb verwiesen, wobei es unglücklicherweise ziemlich steil bergauf ging. Die Häuser wurden immer spärlicher, und sie hatten schon den Eindruck, falsch zu sein und wollten umkehren, als sie endlich ein Schild mit einem Hinweis entdeckten. Der Weg führte sie durch ein Wäldchen und bis zu einem parkähnlichen Garten, in dem ein idyllisch aussehendes Anwesen lag. Isabells Herz hüpfte vor Freude, als sie das letzte Stück bergab fuhren und auf den kiesbestreuten Vorplatz einbogen. „Wow! Das ist ja toll!" rief Isabell und auch Hardy wirkte sehr angetan.

 Eine freundliche junge Frau trat aus der Tür und teilte auf ihre Anfrage mit, dass leider kein Zimmer mehr frei sei. Isabell konnte es kaum glauben. Sie hatte doch eigentlich immer Glück! Und was sollte Hardy denken, den sie doch beredet hatte, ohne Reservierung zu reisen? Tja, es blieb wohl nichts anderes übrig, als die Tatsache zu akzeptieren. Isabell fragte die junge Frau schließlich, ob sie vielleicht eine andere Unterkunftsmöglichkeit für sie wüsste. Glücklicherweise konnte sie ihnen weiterhelfen, denn eine Bekannte von ihr vermietete ebenfalls Zimmer, allerdings am anderen Ende des Ortes, und auch etwas außerhalb. Sie war freundlicherweise bereit, dort anzurufen, ob etwas frei war. Ja, es war ein Zimmer frei, und mit Bedauern und müden Beinen brachen sie wieder auf, erst den Berg hoch, so steil, dass es mit all dem Gepäck zu mühsam wurde und sie absteigen mussten. Auf dem Gipfel des Berges lag rechts ein Hotel, mit „Swimmingpool", wie auf einem Schild zu lesen war. Auch die Preise erschienen ihnen recht moderat. „Oh jaa, jetzt ins kühle Wasser!" lechzte Isabell, „lass uns da mal nachfragen, ob was frei ist!"

Sie bekamen ein Zimmer, das Hotel machte einen guten Eindruck, es hatte eine schöne Frühstücksterrasse mit herrlichem Ausblick. Dahinter im Garten lag der Swimmingpool, dessen Wasser verlockend in der Sonne glitzerte.

Isabell und Hardy konnten ihre Räder in einer Garage unterstellen, sie brachten ihr Gepäck hoch, sagten telefonisch das vorher reservierte Privatzimmer ab, duschten sich und dann – nichts wie ins Wasser. Das tat gut! Isabell war wieder versöhnt mit dem Lauf der Dinge und sie fühlten sich herrlich erfrischt. Zu Fuß gingen sie anschließend in den Ort hinunter und suchten sich ein kleines Restaurant, in dem sie etwas essen konnten.

Im weiteren Verlauf ihrer Radtour klappte alles wunderbar. Sie hatten oft die Auswahl zwischen günstigen und häufig sehr hübschen Privatzimmern, bei denen das französische Frühstück allerdings etwas dürftig war,

und Hotelzimmern, die teurer waren, aber ein richtiges Frühstücksbuffet anboten. Für ihren Mittagsproviant suchten sie wenn möglich nach Bioläden, in denen sie richtiges Brot kaufen konnten und schneiden ließen und dazu gab es Käse, Obst und Joghurt.
Möglichst früh, am späten Nachmittag, gingen sie etwas essen. Durch diese Art zu reisen entdeckten sie unterwegs die interessantesten Dinge, die sie im Auto übersehen hätten – kleine unbekannte Schlösser an Seitenstraßen, ein Labyrinth im Tuffsteinberg, in dem Champignons und Weinbergschnecken gezüchtet wurden und in dem ein Restaurant untergebracht war, wo dann Hardy unbedingt Weinproben machen sollte.
In einigen Dörfern gab es Troglodyten, Wohnhöhlen im Tuffstein, die früher bewohnt gewesen waren und jetzt zu Künstlerateliers und Ausstellungsräumen umgestaltet worden waren.
Die Routen, die sie schafften, wurden länger, da Isabell langsam Kondition aufbaute und wenn ihnen ein Ort oder ein Schloss besonders gefiel, blieben sie dort länger. In einem von Weinbergen umgebenen Städtchen erlebten sie den 14. Juli, den Nationalfeiertag der Franzosen, mit Militärparaden, abendlichem Tanz auf den Straßen und abschließendem Feuerwerk über der Loire. Im Hof eines Schlosses wurde ein „spectacle historique", ein historisches Schauspiel über den „guten König René" aufgeführt. Isabell und Hardy fuhren meistens nur morgens, damit sie noch genug Zeit und Energie hatten, sich eine schöne Unterkunft zu suchen, sich dort in aller Ruhe zu duschen und umzuziehen und dann nachmittags die Orte und Schlösser zu besichtigen.

Manchmal suchten sie auch erst ein Touristikbüro auf, wenn sie nicht gleich fündig wurden, und ließen sich dort eine Adresse und einen Stadtplan geben.

In einigen Privatpensionen trafen sie auf andere Radreisende und es wurde eifrig ausgetauscht, wie viele Kilometer man jeweils geschafft hatte und was man besichtigt hatte, wobei das erstere das Wichtigste war. Keiner außer ihnen reiste wie sie ohne Zimmervorbestellungen und diese Tatsache löste stets ungläubiges Staunen und Kopfschütteln aus. „Nein, das würde ich nie machen," bekamen sie meistens zu hören, „was dann, wenn man nichts findet?" Isabell musste innerlich lächeln. Noch größeres Staunen rief ihre Ankündigung hervor, dass sie noch eine Woche ans Meer wollten, ohne dort eine Unterkunft gebucht zu haben. „Da werden Sie nichts mehr finden," sagte man ihnen.

Am Ende der zweiten Woche suchten sie sich einen Regionalzug heraus, in dem man Räder mitnehmen durfte, und fuhren damit zu ihrem Ausgangspunkt zurück. Vom Bahnhof bis zu der kleinen Pension an der Loire, wo ihr Auto stand, war es noch eine Stunde Fahrt.

Am nächsten Morgen packten sie alles ein und die Räder auf das Auto. Los ging es an die Küste. In Pornic, einem hübschen kleinen Badeort an der Loiremündung, suchten sie das Touristikbüro auf. Natürlich fanden sie noch etwas. Sie hatten sogar die Auswahl zwischen drei kleinen Häuschen, die zentral und in Meeresnähe lagen. Sie suchten sich ein erstaunlich günstiges Haus mit blauen Fensterläden aus, das einen kleinen Garten mit Terrasse hatte. Es bestand aus einem Wohn- und Esszimmer mit Kochnische und Bad.

Wie Isabell es sich erträumt hatte, fanden sie einen schönen Badestrand, der mit dem Fahrrad erreichbar war und hatten dann zwei richtig heiße Sonnentage, nachdem es vorher bei ihrer Radtour sehr gemischt und oft bedeckt gewesen war. Auf ihre Nachfrage im Touristikzentrum fanden sie auch einen riesigen Bioladen, in dem sie sich mit Brot, ungespritztem Obst und Fleisch-Ersatzprodukten für Isabell eindecken konnten.

Ja, dieser Urlaub war von Herzen nach Isabells Geschmack gewesen und erfüllte sie mit Dankbarkeit: Abenteuer und viel Bewegung in der Natur, traumhafte Schlösser, hübsche Orte und wieder einmal die Bestätigung, dass ihr Vertrauen ins Leben voll und ganz berechtigt war.

Kapitel 5

Vom Glücklich sein

Jeder möchte glücklich sein, überlegte Isabell; aber wie geht das? Eine wichtige Frage - Gesundheit, ein interessanter Beruf, genug Geld, eine harmonische Partnerschaft, Kinder, was war das Rezept für Glück?

Wenn Isabell so zurückdachte, hatte es unterschiedliche Phasen in ihrem Leben gegeben: Phasen, die schwierig waren und in denen sie überwiegend mit Problemen konfrontiert war, und Phasen, in denen sie längere Zeit glücklich war und das Leben genießen konnte. Wenn sie genauer hinsah, wodurch sie langanhaltend glücklich gewesen war, so stellte sie fest, dass sie dann eigentlich immer etwas erreicht oder gefunden hatte, was sie vorher längere Zeit hindurch entbehren musste.

Sie erinnerte sich noch genau an einen dieser Momente –

Es war Samstagmorgen und sie war in dem schönen Gefühl aufgewacht, frei zu haben. Die Kinder nutzten dann ebenfalls die Gunst der Stunde und schliefen noch. Da war aber noch viel mehr als das – als Isabell die Augen aufschlug und ihr schönes neues Schlafzimmer in ihrem schönen neuen Haus sah, das sie seit einem Jahr bewohnten, durchströmte sie wieder wie seitdem jeden Morgen ein Gefühl tiefer Freude. War das unbeschreiblich herrlich, hier zu wohnen! Als sie durch das Zimmer ging, spürte sie die angenehme Wärme der Fußbodenheizung unter ihren nackten Füßen und dachte mit Grausen an den eisigen Fußboden in dem alten Kotten, den sie vorher viel zu lange bewohnt hatten. Jeden Winter hatte sie dort gegen kalte Füße ankämpfen müssen und gegen die Feuchtigkeit in einigen Zimmern. Sie begab sich in ihr großes helles Badezimmer, in das morgens die Sonne schien und dann in ihre wunderschöne Küche. Alles war gleichmäßig warm, auch das Treppenhaus, es gab keine zugigen Ecken, selbst jetzt im Winter. Sie deckte den Frühstückstisch im Wohn- und Esszimmer und freute sich wie jedes Mal an der großen Terrassenverglasung, die den Blick auf den winterlichen Garten ermöglichte, wodurch der Kontrast zwischen der Kälte und der Schneedecke draußen und der angenehmen Wärme drinnen noch stärker hervortrat. Sie dachte an ihre Arbeit in einer kleinen ländlichen Schule, die sie seit kurzem hatte, wo es ihr sehr gut gefiel. Alles, was vorher problematisch gewesen war, hatte sich auf einmal aufgelöst. Sie war viel zu lange bei den Kindern zu Hause geblieben! Die Nachbarn waren alle wesentlich älter gewesen und zeigten kein Interesse an Kontakten und sie war regelrecht in eine unangenehme soziale Isolation geraten. Jetzt hatte sie nicht nur nette Kollegen, mit denen sie sich in ihrer Freizeit traf, auch die Nachbarn waren sympathisch und sie hatten gleichaltrige Kinder. Sie musste ihren Sohn und ihre Tochter nicht mehr weit weg zu irgendwelchen Verabredungen fahren und wieder abholen, sie konnte sich hin und wieder mit Inge, ihrer Nachbarin treffen, dann spielten ihre beiden Mädchen miteinander. Ihr Sohn hatte ebenfalls mehrere Freunde in der Nähe gefunden. Alles, was sie so lange entbehrt hatten, war jetzt Wirklichkeit geworden, wie sollte sie da anders als glücklich sein!

Isabells Erinnerungen schweiften weiter zu einer anderen Situation – Jahre später.

Wieder ein Samstag – Isabell fühlte sich völlig erschöpft. Sie hatte inzwischen die Schule gewechselt, um auch ältere Schüler unterrichten zu können und musste dafür einen wesentlich weiteren Weg zurücklegen. Ihre Kinder waren erwachsen geworden und studierten woanders. Das Haus war leer und wirkte jetzt viel zu groß. Es war erschreckend, wie sehr die Kinder ihr fehlten. Ihr Mann engagierte sich beruflich sehr stark, ihm schien das nicht so viel auszumachen.

Isabell hatte gehofft, dass ihre Tochter an diesem Wochenende kommen würde, aber sie hatte gestern abgesagt. Zuviel Arbeit, und außerdem die Geburtstagsfeier von Freunden. Es war ja auch ziemlich weit und sie hatte ja glücklicherweise viele Kontakte dort. Vielleicht war es aber auch gut so, denn Isabell hatte am Wochenende neuerdings häufig Migräne – immer dann, wenn sie zur Ruhe kam. Sie überlegte, was sie frühstücken könnte, denn sie litt zunehmend an Allergien und Nahrungsmittelunverträglichkeiten. Es war ein schreckliches Gefühl, sich von ihrem Körper im Stich gelassen zu fühlen. Das hatte sie vorher noch nie erlebt. Sie wurde schnell müde und wusste gar nicht mehr, ob sie sich noch etwas vornehmen konnte oder ob ihr das nicht doch zu viel werden würde. Wie sollte man das jemand erklären?

Jahre später – Isabell hatte mit viel Mühe die großen Schwierigkeiten besiegt. Krankheiten, Trennung, Alleine-sein, erneuten Schulwechsel, alles lag weit hinter ihr. Sie hatte wieder einen Partner, mit dem sie sich gut verstand, wieder ein schönes Haus und einen liebevoll angelegten Garten. Sie hatte die Freiheit, die diese Lebensphase ohne Kinder mit sich brachte, inzwischen schätzen gelernt und blickte auf ihre Familienphase mit dem Gefühl zurück, alles glücklich geschafft zu haben. Ihre Stundenzahl in der Schule hatte sie reduziert und genoss es, alles, was sie tat, in Ruhe tun zu können. Ja, dies war wieder eine Glücksphase, in der sie etwas besaß, was sie vorher vermisst hatte.

War das nun die Definition von Glück? Dass man sich eine begrenzte Zeit lang an etwas freute, was man vermisst und ersehnt hatte? Und dann wurde man wieder unzufrieden?

Isabell konnte es nicht glauben. Da musste noch etwas anderes sein.

Gab es so etwas wie einen inneren Wegweiser, der einen unruhig werden ließ? Gab es ein Lebensziel, das verborgen war und gefunden werden musste? Das fühlte sich schon richtiger an. Glück wäre dann, sich grundsätzlich in die richtige Richtung zu bewegen, tastend, suchend. Dann war der entscheidende Glücksfaktor zurzeit für sie, dass sie den Eindruck hatte, sich in die richtige Richtung weiterentwickelt zu haben. Sie hatte mehr Gelassenheit entwickelt. Sie hatte durch regelmäßige Meditation ihre Intuition, ihr „Bauchgefühl" gestärkt, was ihr bei Entscheidungen eine große Hilfe war. Sie trat auch Problemen anders gegenüber als früher und wusste jetzt, dass sie an ihnen wachsen konnte. Sie fühlte sich beschützt und fühlte Dankbarkeit dafür. Sie war sich dessen bewusst, dass Menschen die Wirklichkeit, die sie umgibt, durch ihre Glaubenssätze und Gedanken mitgestalten und sie war inzwischen bereit, die Verantwortung dafür zu übernehmen. Wenn sie merkte, dass ihre Gedanken eine negative Richtung einschlugen, konnte sie diesen Fluss unterbrechen und die Richtung ihrer Gedanken ändern. Sie achtete darauf, keine Bücher zu lesen oder Filme anzusehen, die sie herunterzogen, denn wozu sollte sie das tun? Sie schaffte es inzwischen auch, sich nicht verantwortlich zu fühlen für Probleme, die andere Menschen lösen mussten, einschließlich ihrer Kinder. Statt sich Sorgen zu machen, schickte sie ihnen in Gedanken Licht und sagte ihnen innerlich: Ich vertraue euch. Ihr schafft das schon. Sie wusste, dass sie in ihrem Verhalten diese Gedanken ausstrahlen würde und dass das wichtig war.

Ja, Fortschritte zu machen in dem, was man richtig fand und sein wollte, das war sicher Glück!

Im Auge behalten, was das Leben, der Tag an Schönem brachte, dankbar bleiben, auch das war Glück!

Herausforderungen annehmen, sich auf seine Stärken besinnen, dem Leben einen Sinn geben und vertrauen war ebenfalls Glück.

Und weiter danach Ausschau halten, was Glück ist, gehörte auch dazu…

KAPITEL 8

Schwierige Zeiten

Manchmal dachte Isabell an ihr früheres Leben zurück. An ihr erstes Leben, wie sie es für sich nannte, die Jahrzehnte mit ihrem Ehemann und ihren Kindern. Das lag so weit zurück! So weit, dass es manchmal schon unwirklich wirkte.

Als Isabells Freundin Brigitte an ihrer Trennung nach einer 25jährigen Ehe litt, versuchte Isabell sie zu trösten. Dabei stieg alles wieder vor ihr auf – diese Situation, die sie ebenfalls erlebt hatte, dass erst die Kinder aus dem Haus gingen, dann die Ehe zerbrach und plötzlich alles weg war, was sie vorher gehabt hatte. Zum ersten Mal in ihrem Leben lebte sie damals allein...

Ihre Gedanken schweiften zurück zu einem der Tage damals, als die Arbeitswoche zu Ende ging und das Wochenende begann.

Noch zwei Unterrichtsstunden, und diese Woche wäre geschafft – früher hätte Isabell sich vorbehaltlos gefreut, aber jetzt sah sie sich im Lehrerzimmer um, welche der Kolleginnen sie noch fragen könnte, ob sie Zeit und Lust hätte, am Wochenende etwas mit ihr zu unternehmen. Wozu sich auf die freien Tage freuen, wenn man nur alleine zu Hause herumsaß und spätestens nach dem Ausruhen und Aufräumen gerne etwas unternommen hätte? Wenn Frust und Trauer hochkamen, dass man alleine war? Leider gab es an dieser etwas ländlich gelegenen Schule kaum alleinstehende Kolleginnen, alles schien heile Welt zu sein, lauter intakte Familien. Hin und wieder war trotzdem eine von ihnen mit ihr ins Kino oder ins Theater gegangen, aber das Problem stellte sich eben nun mal jede Woche neu.

Auch diesmal war niemand in Sicht, der in Frage kam. Nach der letzten Stunde wäre Isabell am liebsten in der Schule geblieben, statt in ihre kleine einsame Wohnung zurückzukehren. Dabei war das Wetter ausgesprochen schön – ein strahlender Frühlingstag, alles ringsherum blühte in den herrlichsten Farben, und die Gärten in der Neubausiedlung, durch die sie langsam zu Fuß nach Hause ging, entfalteten ihre ganze Pracht. Sie versuchte, sich daran zu erfreuen, ohne an den Garten zu denken, den sie früher hatte. Immerhin gehörte eine kleine runde Terrasse zu ihrer Wohnung, die sie mit großen und kleinen Blumenkübeln hübsch gestaltet hatte, in denen es inzwischen ebenfalls üppig blühte. Sie stand eine Weile davor und beschloss dann, ein paar Fotos davon zu machen, aus denen man dann in Postkartengröße hinterher Grußkarten herstellen konnte. Was konnte sie sonst noch machen, um dieses herrliche Wetter zu nutzen? Sie entschied sich schließlich dafür, alleine eine Fahrradtour zu unternehmen, unterwegs etwas essen zu gehen und sich für den Abend eine interessante DVD auszuleihen. Einfach so, ganz alleine, wenn's eben nicht anders ging. Als sie dann durch die duftenden Felder Richtung Stadt radelte, fand sie es ganz schön. Sie hatte nach ihrem Einzug in die Wohnung mühsam ausgetüftelt, wo der beste und schönste Weg mit dem Fahrrad zur Stadt sein könnte und sich gefreut, als sie dabei immer neue und angenehmere Strecken entdeckt hatte. Davon profitierte sie jetzt. Der Weg schlängelte sich durch leuchtend gelbe Rapsfelder, die einen betäubenden Duft ausströmten, am Wegrand blühte der Löwenzahn, die Getreidefelder strahlten in frischem Grün. Vogelgezwitscher erfüllte die Luft. Ich muss einfach im Augenblick leben, dachte Isabell, und der Augenblick ist doch jetzt zum Beispiel wunderschön. Achtsamkeit, ich muss Achtsamkeit üben. Sie nahm sich vor, das regelmäßig zu üben und jetzt gleich damit anzufangen.

In der Stadt setzte sie sich auf die Terrasse eines hübschen kleinen Restaurants. Etwas Passendes zu essen zu finden, war nicht immer leicht, da sie sich von vegetarischer Vollwertkost ernährte, seit sie jahrelang an Kopfschmerzen, Erschöpfung und Allergien gelitten hatte. Meist war das vegetarische Gericht auf der Speisekarte ein Nudelgericht aus hellen Nudeln, die sie nur ungern aß. Bei diesem Wetter war das aber kein Problem, da konnte sie sich auch einen leckeren Salat bestellen, weil es nicht unbedingt etwas Warmes sein musste.

Während des Essens dachte sie nach, was sie noch tun könnte, um das Beste aus ihrer Lage zu machen. Ab nächster Woche werde ich Reitstunden nehmen, überlegte sie. Das wollte ich früher immer schon machen, schon als ich noch zur Schule ging. Ich hab so jung geheiratet und so früh Kinder bekommen, dass ich nie Zeit für so etwas hatte. Und Gesangsstunden werde ich auch nehmen. Ich werde alles machen, was ich immer machen wollte. Und ich werde endlich mal nach Amerika fahren, wenn es sein muss, auch alleine. In die Jugendherbergen, da lernt man andere Leute kennen. Genau das mach ich! Isabell musste lächeln. Maren hatte ihr empfohlen, sich

morgens nach dem Aufwachen dreimal die Affirmation „Ich bin Stärke, ich bin Mut, ich bin Selbstbewusstsein!" einzuprägen, sie sozusagen in ihr Unbewusstes hinunter sacken zu lassen. Es scheint zu wirken, dachte sie. Und heute war sie allein unterwegs und es war ganz schön. Man musste was tun. Bloß nicht grübeln und trauern!
Zufrieden mit sich kaufte sie sich für den Abend noch ein paar Nüsse und besonders leckeren Saft und suchte sich einen Film aus.
Sie machte es sich so gemütlich zu Hause, als ob sie Besuch bekäme und sah sich dann den Film an.
Er beruhte auf einer wahren Begebenheit und war sehr bewegend. Es war die Geschichte eines Mannes, der nach einem Flugzeugabsturz jahrelang auf einer einsamen Insel ausharren muss und zeitweise so verzweifelt ist, dass er sich umbringen will. Mit der Zeit wachsen ihm jedoch Kräfte zu und er entwickelt Ideen, um zu seiner Rettung beizutragen. Als er wieder in die Zivilisation zurückgekehrt ist, merkt er, dass er ein ganz anderer Mensch geworden ist und ein ungeahntes positives Potential entwickelt hat.
Wie jeden Abend machte sie vor dem Schlafen Qi Gong. Das hatte ihr nicht nur geholfen hatte, ihre chronische Erschöpfung loszuwerden, es verschaffte ihr auch einen tiefen und gesunden Schlaf, was in ihrer jetzigen Lebenssituation unendlich kostbar war. Anschließend meditierte sie neuerdings immer ein wenig, was ihrer Seele gut tat und ihre Intuition verbesserte.
Diesmal, nach ihrer Erfahrung mit der schönen Radtour, die sie alleine gemacht hatte, beschloss sie, sich in der Meditation dreimal die Affirmation vorzusagen:

„Es ist völlig in Ordnung, dass ich alleine bin.
Ich bin auch alleine **heil** und **ganz**.
Ich kann **alles** alleine machen."
Anschließend stellte sie sich vor, wie sie allein im Theater ist, abends in ein Restaurant geht und dort etwas bestellt. Danach sah sie sich auf einer weiten, schönen Reise. Sie merkte, dass sie dabei entspannt blieb und das Ganze langsam seinen Schrecken verlor.

Auch der Film war heute Abend irgendwie hilfreich gewesen. Sie spürte, dass auch sie dabei war, aus der anfänglichen Panik über ihre neue Lebenssituation heraus langsam Kräfte zu entwickeln, von deren Existenz sie vorher nichts geahnt hatte…

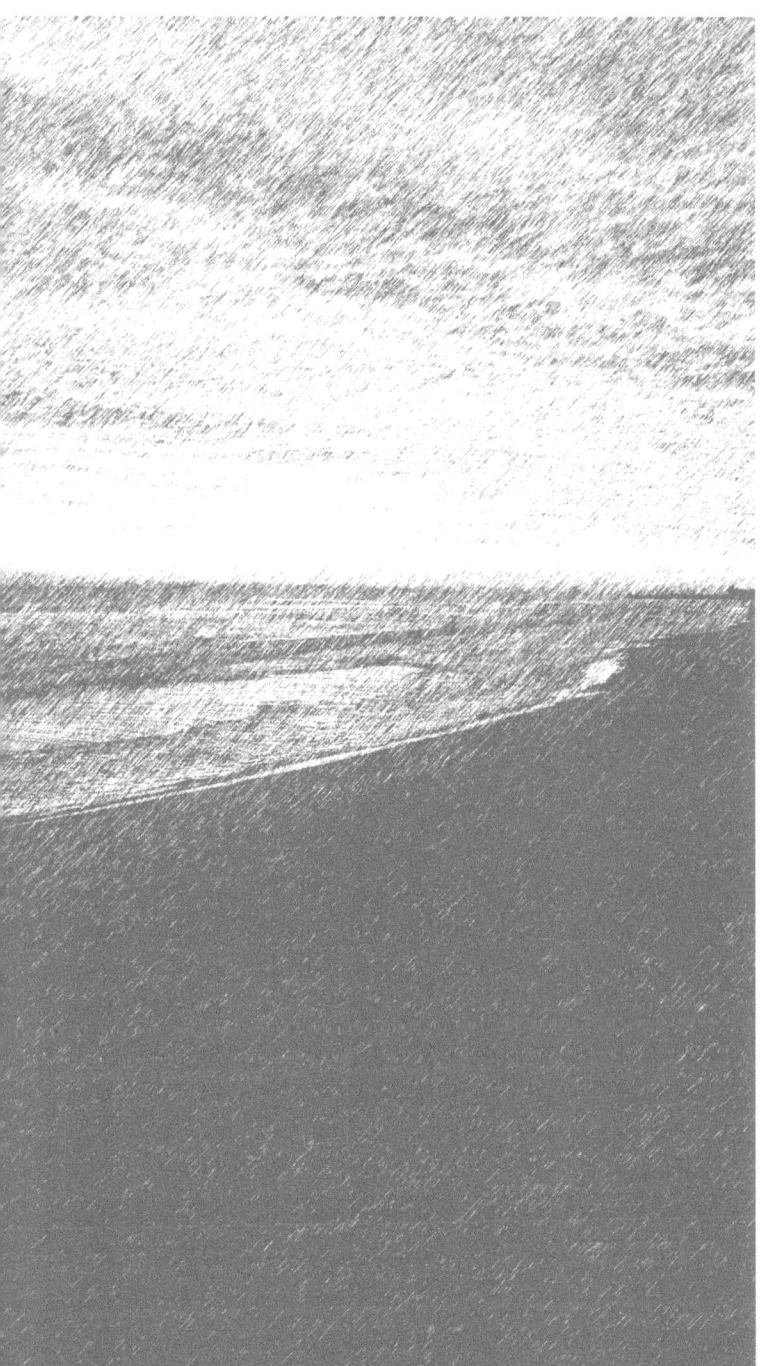

KAPITEL 10

Eine Diskussion mit Hardy

Es war Wochenende, graues Regenwetter, die Stadtbücherei war schon geschlossen und Isabell hatte nichts mehr zu lesen. Sie begann, in Hardys Lesevorrat zu stöbern. Leider liebte er Krimis, die sie gar nicht mochte. Ein Buch handelte vom Krieg der Religionen, von fanatischen Christen in den USA im Kreuzzug gegen den Islam. Isabell mochte das Buch nicht und suchte nach einigen Seiten nach etwas anderem. Beim Frühstück kamen sie auf dieses Buch zu sprechen und Isabell versuchte zu begründen, warum sie es nicht mochte.
„Nur dauernd diese fanatischen Menschen," sagte sie, „das ist bedrückend und zieht einen runter, wenn man es liest." „Ja, aber das ist nun mal ein Problem unserer Zeit," erwiderte Hardy, „sowas solltest du auch mal in der Schule lesen lassen und über das Thema mit den Schülern diskutieren." „Aber es reicht doch nicht, nur das Negative aufzuzeigen, ohne einen Weg, wie man damit umgehen kann," fand Isabell, „man könnte so ein Buch, wenn Schüler das wollen, mal von einer kleinen Gruppe lesen und im Referat vorstellen lassen. Dann kann man darüber diskutieren, aber mehr gibt so ein Action-Buch nicht her. Für eine längere Unterrichtssequenz ist es nicht vielschichtig genug." „Aber es zeigt, dass Religionen nur Unfrieden stiften in der Welt." „Religionen in dieser Form, ja, da hast du recht. Im Grunde muss es Privatsache sein, was jeder glaubt,

und keiner darf anderen seine Vorstellungen aufzwingen." „Das wird nicht funktionieren. Am besten wäre es, wenn jeder sich auf diese Welt, in der wir leben, konzentriert und versucht, aus ihr einen besseren Ort für alle zu machen. Alles andere ist doch pure Verschwendung von Lebensenergie. Warum sollen wir darüber nachdenken, ob es nach dem Leben noch etwas gibt oder nicht? Was ändert das schon?" „Aber es ist doch normal, dass Menschen sich Gedanken darüber machen, woher sie kommen, welchen Sinn ihr Leben hier hat und wohin sie gehen."

„Aber du glaubst ja noch an sowas wie Wiedergeburt. Das führt ja auch dazu, dass man alles auf später verschieben kann. Was ich diesmal nicht mache, das mache ich halt im nächsten Leben. Schon drückt man sich davor, sich hier und jetzt auf das Leben zu konzentrieren."

„Im Gegenteil, das Leben, das ich jetzt führe, beeinflusst auch schon mein nächstes Leben, das heißt, es wird noch wichtiger, was ich jetzt mache oder nicht mache."

„Aber wir wissen doch überhaupt nichts über solche Dinge. Woher willst du so was wissen?"

„Okay, aber ich kann doch sowas erst mal als Denkhypothese annehmen, denn was anderes ist ja deine Vorstellung, dass es nichts gibt nach dem Tod, auch nicht, und dann gucke ich mir daraufhin die Welt und die Menschen an, ob mir das wahrscheinlich erscheint oder nicht, und zwar mache ich das über einen längeren Zeitraum hinweg. Mit meinem logischen Verstand erscheint mir persönlich übrigens die Wiedergeburtsthese am plausibelsten, und von meinem Gefühl her am gerechtesten."

„Aber wenn du annimmst, dass ein höheres Wesen uns lenkt und straft…"
„Das nehme ich überhaupt nicht an. Ich glaube auf keinen Fall an einen strafenden Gott, und bei der Wiedergeburtsidee sind wir es selbst, die voll und ganz die Verantwortung für unser Schicksal tragen. Ich glaube, dass wir alle etwas Göttliches in uns tragen, quasi ein Stück von Gott sind, und dass dieser Teil in uns unsterblich ist. Dieser Teil überschaut nach dem Tod von einer höheren Warte das vergangene Leben, erkennt, ohne die Grenzen, die der Körper und unser Ego ihm setzten, was wir in unserem Leben gemacht haben und wie unser Tun sich auf andere ausgewirkt hat. Daraus entsteht bei uns selber der Wunsch und die Vornahme, etwas wieder gutzumachen. Dazu zwingt uns kein andrer, das will dieser göttliche Teil in uns von selber. Außerdem glaube ich, dass wir auf der Erde sind, um uns weiterzuentwickeln, indem wir lernen und neue Erfahrungen machen. Auch das trägt dazu bei, wo und wie wir zur Welt kommen und dort leben möchten. Sonst fände ich es zum Beispiel unerträglich ungerecht, dass der eine Mensch schwerstbehindert geboren wird und der andere mit allen Gaben gesegnet zur Welt kommt."
„Ja, aber das nimmt uns doch jeden Schwung, etwas ändern zu wollen, wenn wir das so betrachten."
„Auf keinen Fall. Ich denke, wir sind verpflichtet, alle unsere Fähigkeiten zum Wohle aller einzusetzen und auszuleben. Am Leben freuen dürfen wir uns außerdem auch, denn es ist ein kostbares Geschenk, aus dem wir das Beste machen sollten."
„Aber solange Menschen an etwas Jenseitiges glauben,

wird immer eine Organisation, eine Kirche, ein Guru oder eine Regierung versuchen, das zu benutzen, um Macht auszuüben und die Menschen zu gängeln und zu manipulieren."

„Deshalb ist es ja auch wichtig, dass die Menschenrechte in demokratischen und laizistischen Strukturen des Staates verankert sind und die Meinungs- und Glaubensfreiheit der Menschen garantiert und bewacht wird. Du kannst jenseitigen Glauben nur privatisieren, aber nicht verbieten, sonst schaffen sich die Menschen eine Ersatzreligion, wie das im Faschismus oder Kommunismus passiert ist, oder wie es sich in extremem Konsumverhalten oder in Süchten zeigt. Eine mündige Art des Jenseitsglaubens setzt eine relativ hohe Eigenverantwortung voraus, die wir nur erreichen können, wenn wir im Erziehungswesen selbstbewusste Persönlichkeiten fördern. Das halte ich für extrem wichtig."

Hardy sah Isabell eine Weile nachdenklich an. „Da hast du nicht unrecht," meinte er schließlich, „und wenn Menschen mit Jenseitsglauben dann letztendlich so sind wie du, hätte ich nichts dagegen." Dabei ging ein Grinsen über sein Gesicht.

Oh, dachte Isabell, Donnerwetter, das war aber jetzt ein Kompliment. Sie musste schlucken vor Freude. Auch später, wenn sie an diesen Satz zurückdachte, freute sie sich jedes Mal.

Kapitel 11

Zukunftsperspektiven

Isabell hatte Selbsthypnose bei Maren gelernt, die sich dieses Verfahren in umfangreichen Fortbildungen angeeignet hatte, um es therapeutisch einsetzen zu können. Mithilfe dieser Selbsthypnose konnte man wunderbare und erstaunliche Sachen machen. Am häufigsten wandte Isabell sie an, wenn sie sich in kurzer Zeit maximal gut erholen wollte. Wenn sie von der Schule kam, den ganzen Lärm der Kinder noch im Kopf, und dringend abschalten wollte, um sich zu erholen und den nächsten Tag vorbereiten zu können, legte sie sich hin und bat ihr Unbewusstes um 20 Minuten tiefe Entspannung und Erholung. Um in diese Entspannung hineinzukommen, half ihr am besten das Bild, auf einer Treppe immer tiefer und tiefer hinunterzusteigen. Oft konnte sie dann einschlafen, wachte aber nach genau 20 Minuten erholt und erfrischt wieder auf.

Isabell hatte sich schon oft mit der Frage befasst, wie es mit der Menschheit wohl weitergehen würde, und in welche Richtung sich alles entwickeln würde. Horrorszenarien gab es in der Literatur und in Filmen genug – aber es gab auch viele Anzeichen für die Möglichkeit einer positiven Entwicklung.

Eines Tages beschloss Isabell, mithilfe von Selbsthypnose einmal zu versuchen, in die Zukunft zu schauen. Sie legte sich entspannt hin und bat ihr Unbewusstes, ihr die Zukunft der Menschheit zu zeigen. Isabell begann, die Treppe hinabzusteigen, immer weiter und weiter. Schließlich kam sie zu einem Gang, an dem sich mehrere Türen befanden. Hier kannte sie sich schon aus, eine der Türen führte in ihren ganz persönlichen inneren Raum, den sie hin und wieder aufsuchte. Wie immer betrat sie ihn und setzte sich eine Weile auf die kleine Steinbank rechts neben der Tür, die mit einem roten Samtkissen gepolstert war. Der Raum hatte noch zwei weitere Türen und sie hatte das Gefühl, durch eine dieser beiden hinaustreten zu müssen, um das zu finden, was sie sehen wollte.

Sie nahm also ihren ganzen Mut zusammen und erhob sich, ging auf die rechte Tür zu, die größer war als die andere und oben einen Bogen hatte. Von hier aus trat sie in einen kleinen Flur, der in eine Außentür mündete, die offen stand und helles Sonnenlicht herein fluten ließ. Leicht geblendet überschritt sie die Schwelle und blickte auf die Landschaft, die vor ihr lag. Eine sommerliche grüne, sehr üppig wirkende Landschaft mit sanften Hügeln breitete sich vor ihr aus. Isabell schritt den Weg entlang, der vor ihren Füßen begann und in diese Landschaft hineinführte. Aufmerksam sah sie sich alles an.

Die Wiesen waren voller bunter Blumen und sahen herrlich aus, mitten hindurch floss ein Bach in zahlreichen Windungen. Isabell trat näher hinzu und sah Frösche zwischen dicken Sumpfdotterblumen herum hüpfen, in dem ungewöhnlich glasklaren Wasser huschten winzige Fische. Fasziniert ging sie weiter an dem Bachlauf entlang, immer genauer hinsehend. Zu ihrem großen Erstaunen entdeckte sie sogar kleine Flusskrebse, so etwas hatte sie noch nie gesehen. Auch einige der

Vögel, die sie hier sah, kannte sie nur aus Büchern. Vor ihren Füßen bewegte sich ein wunderschöner großer Hirschkäfer quer über den Weg. Isabell setzte sich einen Moment hin und atmete tief durch. Die Luft roch herrlich und war erfüllt von intensivem Vogelgezwitscher und dem Duft der wilden Minze, die neben ihr wuchs. Kann das denn sein? dachte sie, vielleicht ist was falsch gelaufen und ich bin in der Vergangenheit gelandet. So muss das doch früher ausgesehen haben. Als Zukunft – fast zu schön, um wahr zu sein! Wie auch immer, auf jeden Fall ist es herrlich hier!
Sie erhob sich und folgte weiter dem Bachlauf. Nach einer Biegung um das Ende eines Wäldchens herum breitete sich vor ihr ein Tümpel aus, an dessen Rand zwei Störche standen und dabei waren, sich Futter zu suchen. Störche! Wann hab ich die zuletzt gesehen! staunte Isabell. Sich vorsichtig bewegend, um sie nicht zu verscheuchen, folgte sie weiter dem Weg, der jetzt in den Wald hinein führte. Der Wald wirkte üppig und gesund und Isabell bewunderte die majestätischen alten Bäume, überwiegend Buchen. Zwischen den Bäumen wuchsen Blaubeeren, wilde Erdbeeren und Brombeeren. Als der Weg nach kurzer Zeit wieder aus dem Wald herausführte, breitete sich im Tal vor Isabells Augen eine Stadt aus. Jetzt wird es interessant, dachte sie, nun muss sich ja herausstellen, ob ich in der Vergangenheit oder in der Zukunft gelandet bin.
Sie sah sich genauer um und stellte als erstes fest, dass die typischen Strommasten fehlten, die sonst vermehrt in Stadtnähe auftauchten. Die Landschaft bestand jetzt aus bewirtschafteten Feldern, an deren Rand Korn- und

Mohnblumen wuchsen, wie sie es von den Feldern der Biobauern kannte. Von weitem konnte sie einen Bauernhof sehen, und auf einigen Weiden sah sie Kühe und Pferde. Der Bauernhof hatte ein seltsam schwarz glänzendes glattes Dach, das sie an Fotovoltaik Anlagen erinnerte.

Der Weg führte jetzt auf eine Straße zu, die hinter einer Biegung vor ihr auftauchte. Also doch nicht Vergangenheit – denn hier waren eindeutig moderne Fahrzeuge unterwegs. Die Straße war auf beiden Seiten von breiten Radwegen gesäumt, die sie an Holland erinnerten und die rege befahren wurden, daneben gab es noch Fußgängerwege. Auf der Straße selbst waren Autos unterwegs – die allerdings, wie sie beim Näherkommen feststellte, keinerlei Geräusche von sich gaben. Alle hatten sie dunkle glänzende Dächer, die an das Dach des Bauernhofes erinnerten und es gab auch keinerlei Abgase, die Luft blieb unverändert gut.

Isabell folgte der Straße auf die Stadt zu, gespannt darauf, was sie zu sehen bekommen würde. Mit Staunen sah sie, wie die Autos kurz vor den ersten Häusern in einem unterirdischen Tunnel verschwanden. Jetzt gab es nur noch die Radwege und den Fußgängerbereich. Die Häuser um sie her waren einstöckige Einzel- Reihen- und Doppelhäuser, von Gärten umgeben. Eine Siedlung. Nur hatten die meisten Gärten hier keine Zäune, man konnte kaum erkennen, wo die Grünanlagen dazwischen anfingen, in denen Terrassen mit Bänken, Spielecken für Kinder und sogar Turngeräte für Erwachsene installiert waren. Überall saßen Gruppen von Menschen, jüngere und ältere, flitzten und tobten Kinder herum. Dadurch, dass nirgends Autos fuhren, konnte sich jeder entspannt überall bewegen. Isabell staunte und war begeistert. Auch hier hatten die Häuser diese glänzenden dunklen Dächer. Weiter hinten sah man größere Gebäude aufragen, die zur Südseite hin terrassenförmig abgestuft waren und große, dicht begrünte Balkons, fast schon Dachterrassen hatten. Das Besondere an ihnen war ihre ungewöhnliche Architektur: Die Kanten der Dächer waren unsymmetrisch und gewellt wie eine hügelige Landschaft, ein Eindruck, der durch die Grasdächer, die darüber sichtbar waren, noch verstärkt wurde. An einigen Häusern sorgten leuchtend farbige Mosaikkanten für zusätzliche fröhliche Akzente.

Aus einem relativ kleinen und schlicht aussehenden Holzhaus kamen Menschen heraus, die alle ähnlich aussehende Karren schoben mit Einkäufen darin und diese augenscheinlich zu ihren Häusern brachten. Isabell ging auf dieses Haus zu und trat in die gläserne Eingangstüre, hinter der mehrere Fahrstühle zu sehen waren und eine Treppe nach unten führte. Ob man hier einkaufen konnte? Sie stieg die Treppe hinab und stellte fest, dass dies eine Tiefgarage war. Hier ließen die Bewohner der Siedlung ihre Autos stehen und benutzten die dort deponierten Karren, um ihre Einkäufe nach Hause zu transportieren.

Hm, gute Idee, dachte sie. Sie kehrte wieder zurück an die Oberfläche und sah sich weiter um, indem sie die Siedlungsstraße entlangging. Nach einer Weile stieß sie auf einen Gartenbereich, der augenscheinlich gemeinsam bewirtschaftet wurde und in dem Gemüse und Kräuter angebaut wurden. Die Menschen dort tauschten sich aus und schienen viel Spaß bei der gemeinsamen Arbeit zu haben. Überhaupt hatte man den Eindruck, dass hier ein reges soziales Leben herrschte und die Menschen sich gut kannten. Isabell entdeckte auch Gebäude, die keine Wohnhäuser zu sein schienen, und aus denen sie Menschen mit Musikinstrumenten oder Sporttaschen kommen sah. Sie trat näher hinzu und versuchte einen Blick durch die Fenster zu werfen. In einem Raum sah sie Menschen, die meditierten oder Yoga machten, in einem anderen wurde musiziert, in einem weiteren Theaterszenen eingeübt. Sie ging hinüber zu einem Gebäude, aus dem Geräusche zu hören waren, die an eine handwerkliche Tätigkeit erinnerten, Hämmern oder Sägen, und sie sah, dass es sich um Werkstätten handelte, in denen sowohl Erwachsene jeden Alters als auch Kinder tätig waren. Es schien sich auch nicht um feste Kurse zu handeln, da die Menschen kamen und gingen, wie sie wollten. Toll, dachte Isabell, solche Möglichkeiten in unmittelbarer Nachbarschaft zu haben! In der Nähe stand ein weiteres Gebäude, das wie ein Restaurant mit einer schön gestalteten Terrasse aussah. Sie trat hinzu und sah, dass dies augenscheinlich ein Selbstbedienungsrestaurant für die Menschen in dieser Siedlung war. Die angebotenen Speisen sahen köstlich aus, viel frischer Salat und Gemüse, Fleisch war nirgendwo zu sehen. Noch etwas fiel auf, wenn man genauer hinsah: es waren nur Produkte zu sehen, die in dieser Region wuchsen, nichts Exotisches. Dafür aber eine große Vielfalt an Getreidearten, die Isabell überwiegend aus dem Bioladen oder Reformhaus holen musste wie zum Beispiel Quinoa, Amaranth, Hirse, Buchweizen und Dinkel. Von draußen, aus dem danebenliegenden Kräutergarten konnte man sich frische Kräuter dazu abschneiden und über das Essen streuen. Auch hier fiel Isabell die lockere, angenehme Atmosphäre auf, die Menschen wirkten freundlich und aufgeschlossen, sie gingen sehr liebevoll miteinander um. Hier möchte ich bleiben, dachte sie, hier ist es ja wunderbar.

Sie fühlte jedoch, dass ihr Ausflug zu Ende ging – sie musste zurück, auf dem Weg, auf dem sie gekommen war.

Schade, am liebsten hätte sie die Menschen ausgefragt über diese wunderbare Welt, die sie hier vor sich sah.

Tausend Fragen stellten sich: Wie waren die Menschen in ihrer Entwicklung hierhin gekommen? Wie hatten sie bestimmte Probleme gelöst? In welchem Zeitraum war so eine Entwicklung möglich? Rasch, den Kopf erfüllt von diesen Überlegungen, eilte sie zurück, bis sie wieder in ihren eigenen tiefsten inneren Raum eintrat.

Sie erwachte kurz darauf aus ihrer Trance, immer noch erfüllt von Staunen und einem tiefen Glücksgefühl. So also konnte die Zukunft der Menschen aussehen?

Natürlich wusste Isabell, dass die Zukunft von den Entscheidungen der Menschen abhängt. Aber wie kam man dahin? Was konnte man tun, damit es so wurde? Was konnte s i e persönlich dafür tun? Sie nahm sich vor, sich diese Frage ab nun immer wieder zu stellen und alles zu tun, damit dieses Bild von der Zukunft Wirklichkeit werden konnte.

ÜBER DIE AUTORIN:

Ursula Gschwind wurde 1946 in Rothenburg o.d. Tauber geboren, studierte in Münster und Osnabrück Romanistik und Germanistik und lebte mit ihrem Mann und ihren drei Kindern in Osnabrück.
Heute lebt sie mit ihrem neuen Lebensgefährten in einer Doppelhaushälfte am Stadtrand und arbeitet als Französischlehrerin.